KING'S
GAME
2
Dessin : Hitori Renda
Scénario : Nobuaki Kanazawa

LISTE DES ÉLÈVES - CLASSE DE SECONDE B			
1	Shingo ADACHI	17	~~Daisuke TASAKI~~
2	Toshiyuki ABE	18	~~Hideki TOYODA~~
3	~~Satomi ISHII~~	19	Minako NAKAO
4	Hirofumi INOUE	20	Misaki NAKAJIMA
5	Yûko IMOTO	21	Naoya HASHIMOTO
6	Ria IWAMURA	22	Nami HIRANO
7	Maki IWAMOTO	23	Toshiyuki FUJIOKA
8	Yôsuke UEDA	24	Chiemi HONDA
9	~~Kana UEDA~~	25	Yoshifumi MATSUSHIMA
10	Motoki USHIJIMA	26	Masami MATSUMOTO
11	Akira ÔNO	27	Kaori MARUOKA
12	Nobuaki KANAZAWA	28	Yûsuke MIZUUCHI
13	Yûsuke KAWAKAMI	29	Emi MIYAZAKI
14	Chia KAWANO	30	Shôta YAHIRO
15	Akemi KINOSHITA	31	Hiroko YAMAGUCHI
16	Mami SHIROKAWA	32	Keita YAMASHITA

LYCÉE PRÉFECTORAL DE TAMAOKA,
CLASSE DE SECONDE B
1 Shingo ADACHI
2 Toshiyuki ABE
3 Satomi ISHII
4 Hirofumi INOUE
5 Yûko IMOTO
6 Ria IWAMURA
7 Maki IWAMOTO
8 Yôsuke UEDA
9 Kana UEDA
10 Motoki USHIJIMA
11 Akira ÔNO
12 Nobuaki KANAZAWA
13 Yûsuke KAWAKAMI
14 Chia KAWANO
15 Akemi KINOSHITA
16 Mami SHIROKAWA
17 Daisuke TASAKI
18 Hideki TOYODA
19 Minako NAKAO
20 Misaki NAKAJIMA
21 Naoya HASHIMOTO
22 Nami HIRANO
23 Toshiyuki FUJIOKA
24 Chiemi HONDA
25 Yoshifumi MATSUSHIMA
26 Masami MATSUMOTO
27 Kaori MARUOKA
28 Yûsuke MIZUUCHI
29 Emi MIYAZAKI
30 Shôta YAHIRO
31 Hiroko YAMAGUCHI
32 Keita YAMASHITA

Dessin : Hitori Renda
Scénario : Nobuaki Kanazawa

KING'S
GAME
2

KING'S GAME

チッ
TIC
TAC
TIC
TAC
L'ÉLÈVE N° 21, NAOYA HASHIMOTO, DOIT AVOIR UN RAPPORT SEXUEL D'ICI DIX MINUTES. S'IL ÉCHOUE, IL DEVRA S'IMMOLER PAR LE FEU.
--END--
HAN
HAN
HAN
HAN
HAN
HAN

AAAAAH!

NAOYA !!
VROUF
AAAH !
FRSH
FRSH
FRSH
N... NOBU...

PLOF
NOBUAKI ?!
...
QU...
OÙ EST-CE QUE TU NOUS EMMÈNES ?!
EH, DOUCEMENT !
TAP
TAP
TAP
TAP

CLAC
AH !
H!!!
VSH
VLAM
HAN
HAN
HAN
QU'EST-CE QUI TE PREND ?!
OUVRE, ENFIN !
CLAC
CLAC
JE NE PIGE RIEN DU TOUT !!

TU AS TRÈS BIEN COMPRIS !
CLAC
CLAC
DÉPÊCHE-TOI D'EXÉCUTER L'ORDRE DU ROI !!
QUOI ?!
NAOYA ...
TU ES MON MEILLEUR POTE... JE SAIS QUE VU LES CIRCONSTANCES, JE POURRAI TE PARDONNER !!
GLOUPS
CHIEMI !!

PARDONNE-MOI...
JE T'EN PRIE...
SAUVE-LUI LA VIE !!
CRR

IL N'Y A PAS UNE MINUTE À PERDRE !
COUCHEZ ENSEMBLE, COMME CE POURRI L'EXIGE !!
QU'EST-CE QUE TU RACONTES ?!
JE NE PEUX PAS FAIRE ÇA, ENFIN !

JE VOUS ADORE TOUS LES DEUX...
ALORS ...
J'EN SUIS ABSOLUMENT INCAPABLE !
CRÉTIN !!
TOUT LE MONDE COUCHE AVEC PLEIN DE GENS, DANS SA VIE !!
DAISUKE ET MISAKI ONT BIEN SAUTÉ LE PAS, QUAND ILS SE SONT RETROU-VÉS DOS AU MUR !
UNE FOIS, CE N'EST PAS GRAND-CHOSE !!
NON, JE NE PEUX PAS COUCHER AVEC QUELQU'UN DONT JE NE SUIS PAS AMOUREUX !
BIEN SÛR QUE SI !

ARRÊTE DE DÉCONNER !!
BAM
SI TU NE LE FAIS PAS, TU VAS CREVER !
C'EST LE SEUL MOYEN !! LA VIE N'A PAS DE PRIX !!
NON, JE REFUSE !
CLAC
CLAC
CLAC
JE PRÉFÈRE ENCORE Y PASSER !!
CLAC

GH ...
N... NAOYA ...
IL A RAISON ...
IL N'Y A PAS D'AUTRE SOLUTION ...

QUOI ?!
TU NE VEUX QUAND MÊME PAS MOURIR ?
JE...
NON ...
PAS ...
DU TOUT ...
MAIS ...
BRR
ガク
ガチ

L'IDÉE DE BRISER VOTRE COUPLE ...
ME RÉPUGNE ENCORE PLUS !!
TIC
TAC
PIYOKO
TIC
TAC
TIC

NOBUAKI...
SNIF...
GH...
PARDON DE NE TE CAUSER QUE DES ENNUIS...
SNIF...
ET D'AVOIR TOUJOURS BESOIN QU'ON ME TIRE DU PÉTRIN...
MERCI D'ÊTRE AMI AVEC UN TYPE COMME MOI...
J'AI ÉTÉ CONTENT DE TE CONNAÎTRE...
JE SUIS UN CRÉTIN...
UN VRAI BON À RIEN...
HIC...
MAIS JE REFUSE DE VOUS CAUSER DU TORT !
GH...
SNIF...
A... ALORS...

FAIS-LE !!
VLAM
JE T'EN SUPPLIE !!
SNIF...
GH...
AAH...
N... NON...
PAS QUESTION !!

PAF
BRRM
BRRM
BRRM
BAM

HAN
HAN
HAN
GH...
NOBUAKI
...
GH
...
SNIF
...
SOIS HEUREUX AVEC CHIEMI
...
JE VOUS SOUTIENS
...
GH
...

PAF
ABRUTI!!
AAH!!
PAF
BAM
AAAH!!

HAN
HAN
HAN

CHIEMI ...
COMPRIS ...
BRR
BRR
BRR
JE NE SAIS PAS SI ÇA VA MARCHER ...
BRR
BRR
BRR
MAIS JE VAIS ESSAYER !
BRR
BRR
FSH

BON SANG !
BAM
GH...
SNIF...
C'EST N'IMPORTE QUOI ...
JE N'EN PEUX PLUS...
FUIT
GH...
FSH

24/10
SAM
23:58
PLUS QUE DEUX MINUTES...
ET TOUJOURS PAS DE MESSAGE DE CONFIRMATION ?!
LE DÉLAI EST PRESQUE ÉCOULÉ... EST-CE QUE C'EST FICHU ?
909
Honda
MAIS...
C'ÉTAIT LE SEUL MOYEN QUI NOUS RESTAIT...
BRR
BRR
BRR
JE NE PEUX QUE M'EN REMETTRE À CHIEMI...
JE NE SAIS MÊME PAS SI C'EST POSSIBLE DE FAIRE ÇA ÉVANOUI...
BIP
BIP
MESSAGE REÇU

4/10 23:59
ROI
JEU DU ROI
60 SECONDES RESTANTES.
--END--
NON ...
C'EST LA FIN ...
IL...
BRR
IL VA MOURIR !
BRR
BRR
GH... BON SANG ...
NAOYA !

BIP
BIP
BOBOM
BOBOM
BOBOM
BOBOM
BOBOM
PAR PITIÉ...
BOBOM
BOBOM
BOBOM
BOBOM
BOBOM
FAITES QUE CE SOIT...
BIP

GH ...
SNIF ...
ROI
JEU DU ROI
L'ORDRE A BIEN ÉTÉ EXÉCUTÉ.
--END--
SOUS-MENU
RÉPONDRE

CLAC

VSH
PARDON !
JE... JE NE SUIS QU'UNE ORDURE !

PLOF
ギュ
JE T'AIME ...
ALORS ÇA N'A PAS ÉTÉ FACILE...
MOI AUSSI, JE T'AIME À EN CREVER !!
NOBUAKI ...
PROMETS-MOI UNE CHOSE...

SUR-TOUT ...
NE MEURS PAS AVANT MOI, D'AC-CORD ?!
JE T'EN SUP-PLIE ...
CHIEMI, TOI AUSSI ...
PROMETS-MOI DE RESTER EN VIE !

LE LENDEMAIN.
MÊME SI CETTE FOIS, NAOYA EN A RÉCHAPPÉ DE JUSTESSE...
CE JEU NOUS MÈNE INÉLUCTABLEMENT À LA MORT...

BIP
BIP
ROI
JEU DU ROI
ORDRE N° 7 : TOUS LES GARÇONS DOIVENT PARTICIPER À UN JEU. CELUI-CI CONSISTE À TIRER 100 FEUILLES DE PAPIER À TOUR DE RÔLE, DANS L'ORDRE DE LA LISTE D'APPEL. CHACUN PEUT TIRER ENTRE UNE ET TROIS FEUILLES. CELUI QUI OBTIENDRA LA CENTIÈME AURA UN GAGE.
SI LE JEU N'A PAS LIEU, CE SONT TOUS LES GARÇONS QUI LE RECEVRONT. LE GAGE DU JOUR SERA LA MORT PAR ARRÊT CARDIAQUE.
CLAP

24/10
ROI
JEU DU ROI
LE GAGE DE KANA UEDA A ÉTÉ DÉCIDÉ. ELLE DO FAIRE SA DÉCLARATION À CELUI QU'ELLE AIME.
--END--
SOUS-MENU
RÉPONDRE
UN ARRÊT CARDIAQUE... CETTE FOIS-CI, LE ROI NE SERA PAS AUSSI CLÉMENT QU'AVEC KANA...
MÊME SI ON JOUE LE JEU, QUELQU'UN VA Y PASSER...
DAISUKE AVAIT UN RÊVE, IL JOUAIT SUPER BIEN...
ET C'ÉTAIT UN TYPE GÉNIAL ...

POURTANT, IL EST MORT SANS RAISON...
JUSTE À CAUSE DE CE JEU ABSURDE...
TOUT COMME HIDEKI...
KANA...
SATOMI...
ET SANS DOUTE ENCORE D'AUTRES À VENIR...
CRR
PAF

QU'EST-CE QU'ON DOIT FAIRE, BON SANG ?!
ON N'A DONC PAS D'AUTRE CHOIX QUE D'OBÉIR COMME DES ESCLAVES ?!
AU TRAIN OÙ VONT LES CHOSES...
SI ON N'AGIT PAS TRÈS VITE, ON VA ENCORE S'ENTRE-DÉCHIRER...
MAIS AUCUN DE NOUS N'A LA MOINDRE IDÉE...
DE CE QUI SE CACHE DERRIÈRE CE FOUTU JEU...
NI DE LA FAÇON D'Y METTRE UN TERME !!
TOUT CE QU'ON SAIT...
C'EST QUE NOTRE VÉRI-TABLE ENNEMI, C'EST LE ROI.

PARC DE NATA
COMME ON N'A PAS COURS AUJOURD'HUI, ON S'EST TOUS DONNÉ RENDEZ-VOUS À 15 HEURES AU JARDIN PUBLIC PRÈS DU LYCÉE...
PARC DE

TOUT LE MONDE EST LÀ ?!
ALORS ALLONS-Y !
ヒュウウウ
FIUUU

CETTE FOIS, LES 14 GARÇONS DE LA CLASSE PARTICIPENT...
ON VA TIRER CHACUN À NOTRE TOUR ENTRE UNE ET TROIS DE CES FEUILLES NUMÉROTÉES DE UN À CENT. CELUI QUI PRENDRA LA CENTIÈME SERA LE PERDANT.
ON COMMENCE PAR LE PREMIER SUR LA LISTE D'APPEL, SHINGO...
HEIN ?!
AH ...
EUH... D'AC-CORD !

BON, JE ME LANCE !
GLOUPS
FRSH
UNE...
DEUX ...
TROIS !
TU ATTAQUES SEC, ALORS ?
DANS CE CAS, MOI AUSSI !
TAP
TOSHIYUKI ABE, ÉLÈVE N° 2.

QUATRE ...
CINQ...
SIX !
SEPT, HUIT...
JE CROIS QUE JE VAIS M'ARRÊTER LÀ ...
HIROFUMI INOUE, ÉLÈVE N° 4.
C'EST À TON TOUR, NON ?!
YÔSUKE UEDA, ÉLÈVE N° 8.
QU'EST-CE QU'IL A ?
POURQUOI...
EST-CE QU'ON EST OBLIGÉS DE FAIRE ÇA ?

VOUS VOUS RENDEZ COMPTE DE CE QUE ÇA IMPLIQUE ?
ON JOUE À LA ROULETTE RUSSE ENTRE AMIS, POUR CONDAMNER QUELQU'UN À MORT...
ON EST EN TRAIN DE DÉCIDER QUI SERA LE PROCHAIN À Y PASSER...
JE REFUSE DE PARTICIPER À UN TRUC PAREIL !
ALORS TU N'AS QU'À RECEVOIR LE GAGE !
YÛSUKE KAWAKAMI, ÉLÈVE N° 13.
SI TU N'EN ES PAS CAPABLE, ON N'A PAS D'AUTRE CHOIX QUE DE CONTINUER, PAUVRE TACHE !!
LE MESSAGE ÉTAIT ON NE PEUT PLUS CLAIR...
SI ON S'ARRÊTE, ON CRÈVE TOUS ! C'EST VRAIMENT CE QUE TU VEUX ?!

9

NEUF ...
TAP
TAP
DIX, ONZE ...
MOTOKI USHIJIMA, ÉLÈVE N° 10.
DOUZE ...
AKIRA ÔNO, ÉLÈVE N° 11.
TU PASSES APRÈS AKIRA...
OUI ...

TAP
TAP
100
97
99
98
LA PREMIÈRE MOITIÉ DU JEU N'A PAS GRANDE IMPORTANCE...
C'EST LA DEUXIÈME PARTIE QUI COMPTE, ET SURTOUT LES DIX DERNIÈRES FEUILLES... TOUT DÉPENDRA DE CELUI QUI TIRE LES NUMÉROS 97 ET 98 !
SI PAR EXEMPLE QUELQU'UN PREND LES CARTES 97, 98 ET 99, IL SIGNE L'ARRÊT DE MORT DE LA PERSONNE QUI VIENT APRÈS LUI...
S'IL NE PIOCHE QUE DEUX PAPIERS, L'ÉLÈVE SUIVANT N'EN TIRERA QU'UN... POUR SAUVER SA PEAU...
ET LE PROCHAIN SERA AUSSITÔT CONDAMNÉ.
13, 14, 15...

C'EST À MOI ?!
VSH
TAP
TAP
TAP
PAS QUESTION DE MOURIR POUR UN TRUC PAREIL !!
16, 17 !
NAOYA ...
FUIT
19, 20, 21...
18...
FUIT
22, 23...

71, 72, 73...
ALLEZ, ON Y RETOURNE...
TAP
TAP
TAP
74, 75...
76...
ENCORE À MOI...
TAP
MAINTENANT, IL VA FALLOIR COMMENCER À SE SERVIR DE SA TÊTE !
TAP
ON EST 14 GARÇONS DANS LA CLASSE. EN D'AUTRES TERMES, SI ON TIRE UN NOMBRE AU-DESSUS DE 86, ON EST SÛR DE NE PAS REPASSER...
NOBUAKI...
TU M'AS ENVOYÉ UN MESSAGE BIDON PENDANT LE CONCOURS DE POPULARITÉ, HEIN ?
COMME QUOI TU ME FERAIS SORTIR DU JEU SI NAOYA GAGNAIT...

EUH, OUI...
JE SUIS VRAIMENT DÉSOLÉ... JE... JE VOULAIS...
HA HA HA ! DÉSOLÉ, TU DIS ?

J'ÉTAIS COMPLÈTEMENT TERRIFIÉ À L'IDÉE D'ÊTRE LE SUIVANT ET DE FINIR COMME HIDEKI...
JE NE VOYAIS PAS D'ÉCHAPPATOIRE...
ALORS J'AI ACCEPTÉ TON OFFRE ...
JE VOULAIS VOTER POUR KANA, MAIS... JE N'AVAIS PAS LE CHOIX, C'ÉTAIT LE SEUL MOYEN !
PARDON KANA,
JE VOTE POUR NAO
QUAND J'AI COMPRIS QUE CE N'ÉTAIT QU'UNE RUSE ...
TU IMAGINES CE QUE J'AI PU RESSENTIR ?!

87 !!
OUF ! JE SUIS SÛR DE NE PAS REPASSER...
LE JEU EST FINI POUR MOI !
88 ! POUR MOI AUSSI !!
JE...
JE L'AIMAIS !

TU COMPRENDS ?! J'ÉTAIS AMOUREUX DE KANA !!

C'ÉTAIT MA DÉESSE, MON SOLEIL!!
MAIS...
PLOF
J'AI ÉTÉ FORCÉ DE LA TRAHIR...
ET À CAUSE DE TON PETIT STRATAGÈME, C'EST MON PROPRE VOTE QUI L'A CONDAMNÉE !
CRAC
COMMENT PEUT-ON ÊTRE AUSSI CRUEL ?!
POUR MOI, C'EST CLAIR : C'EST COMME SI TU L'AVAIS TUÉE TOI-MÊME !!
TU N'ES QU'UNE BELLE ORDURE !!
LES MONSTRES COMME TOI, JE LES ENVOIE EN ENFER !!

GRR...
GRR...
GRR...
GRR...
AAH...
ÇA CRAINT...
IL EST VRAIMENT DANGEREUX !
92, 93... MOI AUSSI, J'AI FINI !!
APRÈS, C'EST AU TOUR DE YÔSUKE, PUIS MOTOKI, AKIRA ET MOI... IL RESTE SEPT PAPIERS...
YÔSUKE
AKIRA
MOTOKI
NOBUAKI
ÇA NE POUVAIT PAS TOMBER PLUS MAL...

HÉ HÉ HÉ... ON Y EST PRESQUE !
TOI, T'AS UNE ÉPÉE DE DAMOCLÈS JUSTE AU-DESSUS DE LA TÊTE !
94, 95...
GH...
96, 97...

ET VOILÀ !
TAP
TAP
NON ...

IL RESTE TROIS FEUILLES SUR LA TABLE... SI JE N'EN PRENDS QU'UNE, NOBUAKI TIRERA LA 99 ET YÛSUKE AURA LE GAGE. SI JE PIOCHE LES NUMÉROS 98 ET 99, C'EST NOBUAKI QUI MOURRA...
100
98
AUTREMENT DIT, LEUR VIE EST ENTRE MES MAINS !
BLA BLA BLA BLA
BLA BLA BLA BLA
ATTENDS !
JE T'EN SUPPLIE !
ME LAISSE PAS CREVER ! JE T'OFFRIRAI CE QUE TU VEUX !!
DOUCEMENT, YÛSUKE ...
C'EST MAINTENANT QUE LES CHOSES DEVIENNENT INTÉRESSANTES !
HÉ HÉ HÉ !

ペ
FRSH
98
ラッ
JE NE T'EN-TENDS PAS, NOBUA-KI...
TU ES SÛR QUE TU N'AS RIEN À ME DIRE ?
98
J'ACCEPTERAI DE T'ÉPAR-GNER...
SI TU TE METS À POIL ET QUE TU TE LÈCHES LE CUL...
EN DISANT : "JE N'AIME QUE MON PROPRE TROU DE BALLE" !
JE RÉCOLTE CE QUE J'AI SEMÉ...

AU FAIT, TU AS UNE PETITE AMIE, IL ME SEMBLE !
PAF
ELLE N'A RIEN À VOIR AVEC TOUT ÇA !
CHIEMI !!
TU SAIS DANS QUELLE SITUATION SE TROUVE TON CHER NOBUAKI, HEIN ?!
J'IMAGINE QUE TU AIMERAIS BIEN LUI VENIR EN AIDE !
HAN
HAN
HAN
HAN

ALORS DÉSHABILLE-TOI SUR-LE-CHAMP...
SI TU NE VEUX PAS QU'IL REÇOIVE UN GAGE !!
PAF
ÇA VA PAS ?!
PLOF
C'EST HORS DE QUESTION !!
HA HA HA !
ELLE A POURTANT L'AIR BIEN DÉCIDÉE, MON VIEUX !
NIARK
FRSH

QU'EST-CE QUI TE PREND ?!
CE N'EST RIEN DU TOUT...
ARRÊTE !!
SI ÇA PEUT TE SAUVER LA VIE !!
HÉ HÉ HÉ !
DANS CE CAS, METS-TOI À POIL ET DIS : "JE T'AIME, MAÎTRE", ET JE L'ÉPARGNERAI !
ENFOIRÉ...!!

PAF
PLAF
BLA
ザワ
BLA
ザワ
HAN HAN
HAN

AÏE !!
TU SAIS CE QUI T'ATTEND ...
SI TU CONTINUES ?!
TU ES SÛR DE CE QUE TU FAIS ?!
HAN
HAN
HAN
HAN
HAN
HAN
HAN
HAN
NE MEURS PAS AVANT MOI, D'AC-CORD ?!

JE... JE VAIS
MOURIR...

PARDON, JE N'AURAIS PAS DÛ TE FRAPPER ...
TOUT EST DE MA FAUTE POUR KANA, JE SUIS VRAIMENT DÉSOLÉ...
FRSH
JE FERAI TOUT CE QUE TU VOUDRAS... TU PEUX MÊME ME METTRE UNE RA-CLÉE, SI ÇA TE SOULAGE !!
MAIS JE T'EN PRIE, NE ME CONDAMNE PAS !
JE SUIS DÉSOLÉ, EXCUSE-MOI !
CRR
PAF
TU TE FICHES DE MOI ?!
T'ES GONFLÉ DE DIRE ÇA APRÈS M'AVOIR FOUTU UN PAIN !

AKIRA ! JE T'EN SUPPLIE ...
ÉPARGNE-LE !!
VSH
PAR PITIÉ...
ARRÊTE, TU VAS TROP LOIN !
BLA
BLA
TU TE CROIS OÙ, ESPÈCE D'ENFOIRÉ ?!
BLA
T'ES DÉGUEULASSE !
BLA
BLA
BLA
OUI, C'EST VRAI...
JE ME SUIS UN PEU EMPORTÉ ...
DÉSOLÉ ...
VOUS AVEZ GAGNÉ ...
OUF...

TU Y AS CRU, ABRUTI ?!
FRSH
BLA
BLA
BLA
99
100

ET VOILÀ, GAME OVER !!
À TON TOUR DE CREVER !
99
100
JE VAIS VRAIMENT MOURIR ?!

ÇA NE PEUT PAS FINIR COMME ÇA !!
TU M'AVAIS FAIT UNE PROMESSE !!
VSH
JE T'EN PRIE, NE ME LAISSE PAS...
QU'EST-CE QUE JE VAIS DEVENIR, SANS TOI ?
HAN
HAN
HAN
HAN
HAN
ALORS ?!
TU COMPRENDS CE QU'A RESSENTI KANA, MAINTENANT ?!
SON ANGOISSE... SON DÉSESPOIR...

DANS UN INSTANT, TU VAS AVOIR UNE CRISE CARDIAQUE...
ET RETROUVER KANA DANS L'AUTRE MONDE !!
FRSH
C'EST LE SEUL MOYEN DE RACHETER TES CRIMES !
TU AS COMPRIS, SALE FU-MIER ?!
NAMI HIRANO, ÉLÈVE N° 22.
NON... NOBUAKI ...

C'EST FINI...
MA ROUTE S'ACHÈVE ICI...
SNIF...
PARDON, CHIEMI...
SNIF...
JE N'AI PAS PU TENIR MA PROMESSE ...
PLOF
JE SUIS DÉSOLÉ ...
NON... JE NE VEUX PAS...

NAOYA !!
RETROUVE LE ROI ET METS UN TERME AU JEU POUR MOI, OK ?!
C'EST QUELQU'UN QUI NOUS CONNAÎT BIEN, JE SUIS SÛR QU'IL EST TOUT PRÈS !!
PEUT-ÊTRE MÊME DANS NOTRE CLASSE, SI ÇA SE TROUVE !!
ET PUIS ...
JE VOU-DRAIS...
QUE TU VEILLES SUR CHIEMI À MA PLACE ...
SNIF ...
D'ACCORD !
GH ...
JE COMPTE SUR TOI !
C'EST PROMIS ...
JE DÉMAS-QUERAI LE COUPABLE !!

TRILILI
VRRR
TUTUTUT
BIP
DRING
TRILILI
BIP
BIP
BIP
BIP
BRRR
BIP
ROI
JEU DU ROI
LE JEU EST TERMINÉ. LE PERDANT EST CONDAMNÉ À MOURIR D'UNE CRISE CARDIAQUE.

PERDANT : AKIRA ÔNO
---END---
CE N'EST PAS MOI ?!
MAIS POURQUOI AKIRA ?!

BRRR
BRRR
BRRR
BRRR
BRRR
100
100
QU'EST-CE QU...

COMMENT EST-CE QUE JE POURRAIS LAISSER KANA SEULE PLUS LONGTEMPS ?!
AH !
JE VAIS ALLER LA REJOINDRE TOUT DE SUITE...
ET ON SERA...
GH...
FSH
ENSEMBLE...
P... POUR TOUJ...

PLAF
カッ
TAP
AKIRA !!
TIENS BON !
QU'EST-CE QUI T'A PRIS ?! EXPLIQUE-TOI !!

AKIRA !!
HAN
HAN
HAN
IL EST MORT...
HAN
HAN
HAN
VITE, APPELEZ UNE AMBULANCE !!
MAIS QU'EST-CE QUI S'EST PASSÉ ?!
J'Y CROIS PAS !
IL EST TOMBÉ D'UN COUP, COMME ÇA !!

C'EST PAS VRAI !!
POURQUOI EST-CE QUE ÇA FINIT TOUJOURS COMME ÇA ?!
QU'EST-CE QUI T'EST PASSÉ PAR LA TÊTE ?!
100
POURQUOI EST-CE QUE TU AS TIRÉ LE DERNIER PAPIER ?!
SON POR-TABLE !
IL L'A REGARDÉ JUSTE AVANT DE PRENDRE LA FEUILLE !

IL EST ENCORE OUVERT ...
BIP
25/10
KANA
POUR MON AKIRA CHÉRI
TU ME MANQUES. NE ME LAISSE PAS SEULE. JE VEUX RESTER AVEC TOI POUR TOUJOURS AU PARADIS... ALORS JE T'EN PRIE, VIENS VITE ME REJOINDRE. TU ES LE SEUL SUR QUI JE PUISSE COMPTER...
SOUS-MENU
APPAREMMENT, C'EST CE MAIL QUI L'A FAIT CHANGER D'AVIS...
...
QU'EST-CE QUE C'EST QUE CE DÉLIRE ?!
IL AIMAIT VRAIMENT KANA, ALORS...
À EN MOURIR ...

SAUF QUE...
KANA NE PEUT PAS ÊTRE L'AUTEUR DE CE MESSAGE, ON EST D'ACCORD ?
ÉVIDEMMENT, C'EST IMPOSSIBLE !
25/10
KANA
POUR MON AKIRA
MAIS QUI L'A ENVOYÉ, ALORS ?!
D'OÙ SORT CE MAIL ?!
ET SI C'ÉTAIT...

PIN PON
PIN PON
PIN PON
PFF ... J'AIME-RAIS BIEN SAVOIR ...
QUEL EST LE PROBLÈME, DANS CETTE CLASSE !
VOUS PENSEZ QUE TOUTES CES MORTS ÉTRANGES SONT LIÉES ?
QUI SAIT ? DEMANDE DONC AU MACCHA-BÉE !
INSPEC-TEUR, UN PEU DE TENUE !
C'EST BON, COMMENCE PAS À ME GONFLER.

DZZT...
CLONG
C'EST LE CIN-QUIÈME ...

DZZT
QU'EST-CE QUI VA NOUS ARRIVER ?
JE N'AI MÊME PAS ENVIE D'Y PENSER...
ON VA REGARDER LES AUTRES MOURIR JOUR APRÈS JOUR ...
JUSQU'À CE QUE CE SOIT NOTRE TOUR...

ET PUIS QUOI ENCORE ?!
CRR
PAS QUESTION DE CONTINUER À SUBIR CES RÈGLES ABSURDES !!
JUSQU'ICI, ON S'EST CONTENTÉS DE RÉFLÉCHIR À DES MOYENS D'EXÉCUTER LES ORDRES, POUR SAUVER NOTRE PEAU !
SAUF QU'AU BOUT DU COMPTE, IL Y A TOUJOURS QUELQU'UN QUI MEURT...
LE ROI NOUS MANIPULE COMME DES PANTINS !

C'EST POUR ÇA QU'À PARTIR DE MAINTENANT, ON DOIT LUI RÉSISTER !
ON N'A PAS D'AUTRE ÉCHAPPATOIRE !!
MAIS... COMMENT TU VEUX QU'ON FASSE ?!
ON N'A PAS LA MOINDRE IDÉE DE SON IDENTITÉ !
SI, ON A UN PETIT INDICE !
DE QUOI TU PARLES ?

DU MESSAGE QU'A REÇU AKIRA !
KANA
POUR MON AKIRA CHÉRI
TU ME MANQUES. NE ME LAISSE PAS SEULE. JE VEU RESTER AVEC TOI POUR TOUJOURS AU PARADIS ALORS JE T'EN PRIE, VIEN VITE ME REJOINDRE. T LE SEUL SUR QUI JE PUISSE
CELUI QUI L'A ENVOYÉ A FORCÉMENT QUELQUE CHOSE À VOIR AVEC LE JEU...
C'EST PEUT-ÊTRE MÊME LE ROI EN PERSONNE !
JE SUIS D'ACCORD ...
IL AVAIT SÛREMENT UNE RAISON PRÉCISE DE POUSSER AKIRA À MOURIR !
EN PLUS, ON SAIT QUE C'EST QUEL-QU'UN D'ASSEZ INTELLIGENT ...
POUR PARVENIR À TUER AVEC UN SIMPLE MAIL...

ET IL EST DANS NOTRE CLASSE, C'EST OBLIGÉ !
IL N'AURAIT PAS PU ENVOYER UN TRUC PAREIL SANS SE TROUVER SUR PLACE !
LE PROBLÈME, C'EST QU'ON N'A AUCUN MOYEN DE FAIRE DES RECHERCHES ...
LA POLICE A EMPORTÉ LE PORTABLE D'AKIRA !
JE SAIS QUI EST L'AUTEUR DU MESSAGE ...
QUOI ?!
MAIS COMMENT ?!
TOUT À L'HEURE, J'AI FOUILLÉ RAPIDEMENT DANS LE TÉLÉPHONE D'AKIRA...
J'AI RÉCUPÉRÉ L'ADRESSE DE L'EXPÉDITEUR ET J'AI CHERCHÉ SUR LE NET À QUI ELLE APPARTENAIT !
SÉRIEUX ?!
C'EST QUI, ALORS ?!

UN TYPE QUI SE FAIT APPELER KAMIHATE !
?!
C'EST QUOI, CE NOM ?
K... KAMI ...
KAMIHATE ...
C'EST LE PSEUDO...
D'UN GAMER CÉLÈBRE SUR LE NET...
IL EST TOUJOURS CLASSÉ PREMIER DANS TOUS LES GRANDS JEUX EN LIGNE...
IL EST SI FORT QU'ON L'A CARRÉMENT SURNOMMÉ "LE DIEU DU JEU"...
STOVE
KAMIHATE
BORTSCH (MER)
C'EST QUI, KAMIHATE ?
HATE
PROSTERNEZ-VOUS !

TOUT CE QU'ON SAIT DE LUI...
C'EST QUE C'EST UN HACKER SURDOUÉ, UN DINGUE DE JEUX...
ET QU'IL VIENT DU JAPON !
PRATIQUEMENT RIEN, EN SOMME !
PAS TOUT À FAIT !
ON L'APPELLE LE DIEU DU JEU...
IL Y A PEUT-ÊTRE UN RAPPORT AVEC LE JEU DU ROI !
PAR AILLEURS...
C'EST POSSIBLE QU'IL N'Y AIT AUCUN LIEN, MAIS...

IL RESTAIT UN MESSAGE NON ENVOYÉ SUR LE PORTABLE D'AKIRA...
RÉCEPTION
ENVOI
BROUILLONS (1)
ENVOYÉS
CORBEILLE
TU EN AS TROUVÉ, DES CHOSES, EN SI PEU DE TEMPS...
T'ES PAS LE PREMIER DE LA CLASSE POUR RIEN !
TU TE SOUVIENS DE CE QUE DISAIT CE MESSAGE ?
EH BIEN ...
?
IL NE CONTENAIT QU'UNE SEULE LETTRE, UN "E"...
E
J'IGNORE SI ÇA A UN SENS...
C'EST PEUT-ÊTRE UN MESSAGE CODÉ !
JE PENSE QUE TU VAS CHERCHER TROP LOIN ...

EN TOUT CAS, JE SAIS CE QU'IL NOUS RESTE À FAIRE !!
ON DOIT RASSEMBLER UN MAXIMUM D'INFOS SUR LE JEU ET SUR CE KAMIHATE !
D'AC-CORD !
FUIT
JE VOUS JURE QU'ON DÉMASQUERA LE ROI !!

KANAZAWA
TAC
TAC
TAC
TAC
JEU DU ROI
RECHERCHE DÉTAILLÉE
RECHERCHE
© 2011 - DONNÉES PERSONNELLES
CLIC
CLIC
PFF...
TAC
TAC
ÉVIDEMMENT, JE NE TROUVE QUE DES PAGES SUR LE JEU QU'ON PRATIQUE EN SOIRÉE...
GLOUPS
OUAH !
BIP
BIP
VRRR
26 Oct.
AM00:00
JE M'EN DOUTAIS, LA PARTIE CONTINUE ...

BIP
ROI
JEU DU ROI
ORDRE N° 8 :
L'ÉLÈVE N° 22, NAMI HIRANO, DOIT SE DONNER UN ORDRE À ELLE-MÊME, PUIS L'EXÉCUTER COMME S'IL PROVENAIT DU ROI.
--END--
C'EST AU TOUR DE NAMI...
MAIS LES CONSIGNES SONT FACILES À SUIVRE, CETTE FOIS...
IL SUFFIT DE S'ORDONNER DE RESPIRER, OU UN TRUC DU GENRE !
BON, LA JOURNÉE DE DEMAIN DEVRAIT SE DÉROULER SANS INCIDENT ...
OUF...

TRILILI
AH !
VRRR
VRRR
APPEL
090-XX
UN NUMÉRO INCONNU ? QUI ÇA PEUT BIEN ÊTRE ?
BIP
ALLÔ ?
ALLÔ ?
EUH... C'EST NAMI À L'APPAREIL...
QU'EST-CE QU'ELLE ME VEUT ?!
DÉSOLÉE DE T'APPELER AUSSI TARD...
J'AI DEMANDÉ TON NUMÉRO À MAMI...
NAMI HIRANO, ÉLÈVE N° 22.

ÇA VA ?!
TU N'ES PAS INQUIÈTE, POUR TON ORDRE ?
NON ...
ÇA M'A SURPRISE AU DÉBUT, MAIS HEUREUSE-MENT, C'EST FACILE !
OUI, TU N'AS QU'À T'ORDONNER DE RESPIRER OU DE MANGER QUELQUE CHOSE !
SANS DOUTE ...
?
NE T'EN FAIS PAS !
NAOYA, YÔSUKE ET MOI, ON CHERCHE UNE SOLUTION EN CE MOMENT MÊME !

NOBUAKI ...
TU PENSES QUE LE ROI SE TROUVE DANS NOTRE CLASSE, N'EST-CE PAS ?
C'EST UNE POSSIBILITÉ, OUI...
DIS... SI, PAR EXEMPLE ...
QUOI ?
CE N'EST QU'UNE SUPPOSITION...
MAIS SI JE ...
SI TU...
?

NON, OUBLIE ÇA !
QUOI ?!
EH, UNE SECONDE !!
À PLUS TARD !
CLIC
BIIIP BIIIP
ポフッ PLAF
ELLE M'A RACCROCHÉ AU NEZ !
PFF...
PLAF
26 Oct.
AM00:07

ENCORE ? C'EST QUOI, CETTE FOIS ?!
VRRR
BIP
BIP
BIP
UN MESSAGE DU ROI !
JEU DU ROI
ORDRE N° 8 :
NAMI HIRANO DOIT TOUCHER LE ROI.
--END--
QUOI ?!
QU'EST-CE QUE ÇA SIGNIFIE ?!
TUTUTUT
CLIC
ALLÔ, NAMI ?!

C'EST QUOI, CET ORDRE ?!
QU'EST-CE QUI T'A PRIS ?!
HÉ HÉ !
JE SAVAIS QUE TU M'APPELLERAIS TOUT DE SUITE !
TU ES VRAIMENT QUELQU'UN D'ATTENTIONNÉ...
TU T'INQUIÈTES MÊME POUR MOI !
ÉVIDEMMENT, QU'EST-CE QUE TU CROIS ?!
ET LES AUTRES AUSSI !
PEUT-ÊTRE...
MAIS C'EST TOI QUI M'AS TÉLÉPHONÉ LE PREMIER !

QUOI ?!
AH ...
C'EST JUSTE QUE...
JE NE SUPPORTE PLUS...
DE VOIR MES AMIS DISPARAÎTRE UN PAR UN SOUS MES YEUX !
JE SAIS ...
TU CHERCHES SEULEMENT À ARRÊTER CE JEU...
POUR NOTRE BIEN À TOUS...
OÙ EST-CE QU'ELLE VEUT EN VENIR ?

C'EST JUSTEMENT POUR T'AIDER QUE JE ME SUIS DONNÉ CET ORDRE, FIGURE-TOI !
COMMENT ÇA, POUR M'AIDER ?!
MAINTENANT, JE N'AI PLUS QU'À TOUCHER TOUT LE MONDE...
ET SI LE COUPABLE SE TROUVE DANS LA CLASSE, ON RECE-VRA UN MESSAGE DE CONFIRMATION DÈS QUE JE L'EFFLEURERAI ...
C'EST PARFAIT, NON ?
EFFECTIVE-MENT, ÇA PEUT MARCHER !
BIEN VU !!
MAIS...
SI LE ROI N'EST PAS PARMI NOUS, QU'EST-CE QUE TU VAS FAIRE ?!

TOI, TU ES CONVAINCU QU'IL L'EST, NON ?
JE PENSE JUSTE QUE CE SERAIT LOGIQUE ...
ALORS MOI AUSSI...
J'AI CONFIANCE EN TOI !
NE SOIS PAS AUSSI INSOU-CIANTE !
TU AS CONSCIENCE DU DANGER ?!
TU POUR-RAIS BIEN Y LAISSER LA VIE !!
OUI, MAIS...
SI ON RESTE LES BRAS CROISÉS, IL RISQUE D'Y AVOIR UNE NOUVELLE VICTIME...
TOI-MÊME, TU AS FAILLI MOURIR, AUJOURD'HUI !

ET ÇA, JE NE LE SUPPORTE-RAIS PAS !
JE FERAI TOUT POUR L'EMPÊCHER !!
PARCE QUE...
JE N'AI PAS ENCORE ...
PAR-DON ...
JE DOIS TE LAISSER !
EH !
ATTENDS !
TUT TUUUT TUUT
...
PFF ...
ELLE A ENCORE RACCRO-CHÉ !

CELA DIT, ELLE N'A PEUT-ÊTRE PAS TORT ...
RESTER LES BRAS CROISÉS REVIENT À ATTENDRE LA MORT...
SON PLAN POURRAIT BIEN CHANGER LES CHOSES...
VOIRE MÊME TOUT ÉCLAIRCIR !
Yagoo
FINALEMENT...
ON SE RAPPROCHE PAS À PAS DE NOTRE CIBLE...
JEU DU ROI
RECHERCHE
RECHERCHE DÉTAILLÉE
© 2011 - DONNÉES PERSONNELLES
À NOTRE TOUR DE PASSER À L'OFFENSIVE ! PRÉPARE-TOI À MORFLER, ROI DE MES DEUX !!

LUNDI 26 OCTOBRE, 16 H 00.
LYCÉE PRÉFECTORAL DE
2DE B
JE PENSE QUE VOUS ÊTES DÉJÀ AU COURANT ...
MAIS NAMI S'EST DONNÉ COMME ORDRE DE TOUCHER LE ROI !
BLA
BLA
BLA
BLA
BLA

ELLE VA MAINTENANT NOUS TOUCHER UN PAR UN...
ROI
JEU DU ROI
L'ORDRE A BIEN ÉTÉ EXÉCUTÉ.
--END--
ET SI L'UN D'ENTRE NOUS EST CELUI QU'ELLE CHERCHE, ON RECEVRA UN MESSAGE DE CONFIRMATION !
ET COMME C'EST PRESQUE INSTANTANÉ...
LE COUPABLE SERA CELUI SUR LEQUEL ELLE AURA POSÉ LA MAIN JUSTE AVANT !
PAF
EXACTEMENT !
ELLE A MIS SA VIE EN JEU...
POUR DÉBUSQUER LE ROI...
ET L'EMPÊCHER DE FAIRE DE NOUVELLES VICTIMES !

GÉNIAL ! C'EST BALÈZE !
BLA
ATTENDEZ, CE N'EST PAS UN PEU RISQUÉ ?!
C'EST MIEUX QUE DE RESTER À ATTENDRE LES PROCHAINS ORDRES, EN TOUT CAS !!
BLA
T'ASSURES, NAMI !
SI ON TROUVE LE ROI, JE LUI PÈTE LA GUEULE !!
BLA
BIEN VU, NAMI !
ON VA EN FINIR VITE FAIT AVEC CE JEU !
OUI !
BON, ALLONS-Y !
ON VA COMMENCER PAR LES GARÇONS...
NOM DE L'ÉLÈVE
N°
1
SHINGO ADACHI
2
NUMÉRO UN...
SHINGO !

HEIN, MOI ?
JE NE SUIS PAS LE ROI, ALORS...
TU PEUX Y ALLER, TE GÊNE PAS !
EUH ...
OK...
D'AC-CORD ...
J'Y VAIS ...
ON ÉTAIT UNE CLASSE NORMALE, COMME ON EN VOIT DANS N'IMPORTE QUEL LYCÉE... ON SE DISPUTAIT, ON CHAHUTAIT...
POURTANT, PARMI NOUS SE TROUVE QUELQU'UN QUI A PRIS LA VIE DE CINQ PERSONNES...
ON DOIT L'IDENTIFIER À TOUT PRIX...
OU CE JEU DÉMONIAQUE NE SE TERMINERA JAMAIS !!

ドクン
BOBOM
ドクン
BOBOM
ドクン
BOBOM
BOBOM
ドクン
BOBOM
ドクン
BOBOM
ドクン
BOBOM
ドクン
ト
POF

PAS DE MESSAGE...
16:06
VISIBLEMENT...
SHINGO EST INNOCENT !
CE N'EST PAS LUI !
ÇA VA ?!
HEIN ?!
OUI, PAS DE SOUCI !
ALLEZ, ON CONTINUE !
BON, AU TOUR DE TOSHIYUKI, ALORS !
OUAIS !

NAMI A RÉPÉTÉ LA MANŒU-VRE AVEC CHAQUE GARÇON...
MAIS AUCUN MESSAGE N'EST ARRIVÉ.
JE VOUS L'AVAIS BIEN DIT...
QUE CE N'ÉTAIT PAS MOI !!
TOUS LES MECS SONT PASSÉS...
ÇA SIGNIFIE QUE FINALEMENT, LE ROI SERAIT UNE FILLE ?
IL NE RESTE QU'ELLES, MAIS...
J'AI DU MAL À Y CROIRE...

EST-CE QU'UN DÉMON AYANT PRIS FIGURE HUMAINE SE DISSIMULE VRAIMENT PARMI ELLES ?
JE N'AI MÊME PAS ENVIE D'Y PENSER...
NAMI...
EUH... C'EST MOI LA SUI-VANTE...
AH !
OUI...
C'EST PARTI ...

PAS DE MES-SAGE !
YÛKO EST INNO-CENTÉE !
OUF ...
PFIOU...
ENSUITE ...
!
YÛKO IMOTO
RIA IWAMURA
MAKI IWAMOTO
RIA, TU VIENS ?!
ÇA VA ÊTRE À TOI !
BLA
BLA
BLA
BIP
BIP
BIP
BIP

ALLEZ, QU'EST-CE QUE TU AT-TENDS ?
C'EST TON TOUR !
NAVRÉ POUR ELLE, MAIS C'EST SANS CONTESTE LA PLUS SUSPECTE DE TOUTES ...
JE NE L'AI QUASIMENT JAMAIS VUE PARLER OU SE LIER D'AMITIÉ AVEC QUI QUE CE SOIT DANS LA CLASSE ...

SAUF QUE SI C'ÉTAIT ELLE, LA COUPABLE, ELLE DEVRAIT AVOIR DU MAL À RESTER AUSSI CALME...
ON S'ATTEN-DRAIT PLUTÔT À CE QU'ELLE S'ÉNERVE OU QU'ELLE ESSAIE DE S'ENFUIR...
BIP
BLA
BLA
BLA
BLA
TAP
TAP
EST-CE QU'ELLE EST INNOCENTE, ALORS ?

TAP
TAP
TU ES PRÊTE ?
BOBOM
BOBOM
JE CONNAIS L'IDENTITÉ DU ROI !
HEIN ?!

OUI, C'EST MOI !

JE RÊVE ?!
ATTENDS, TU ES SÉRIEUSE ?!

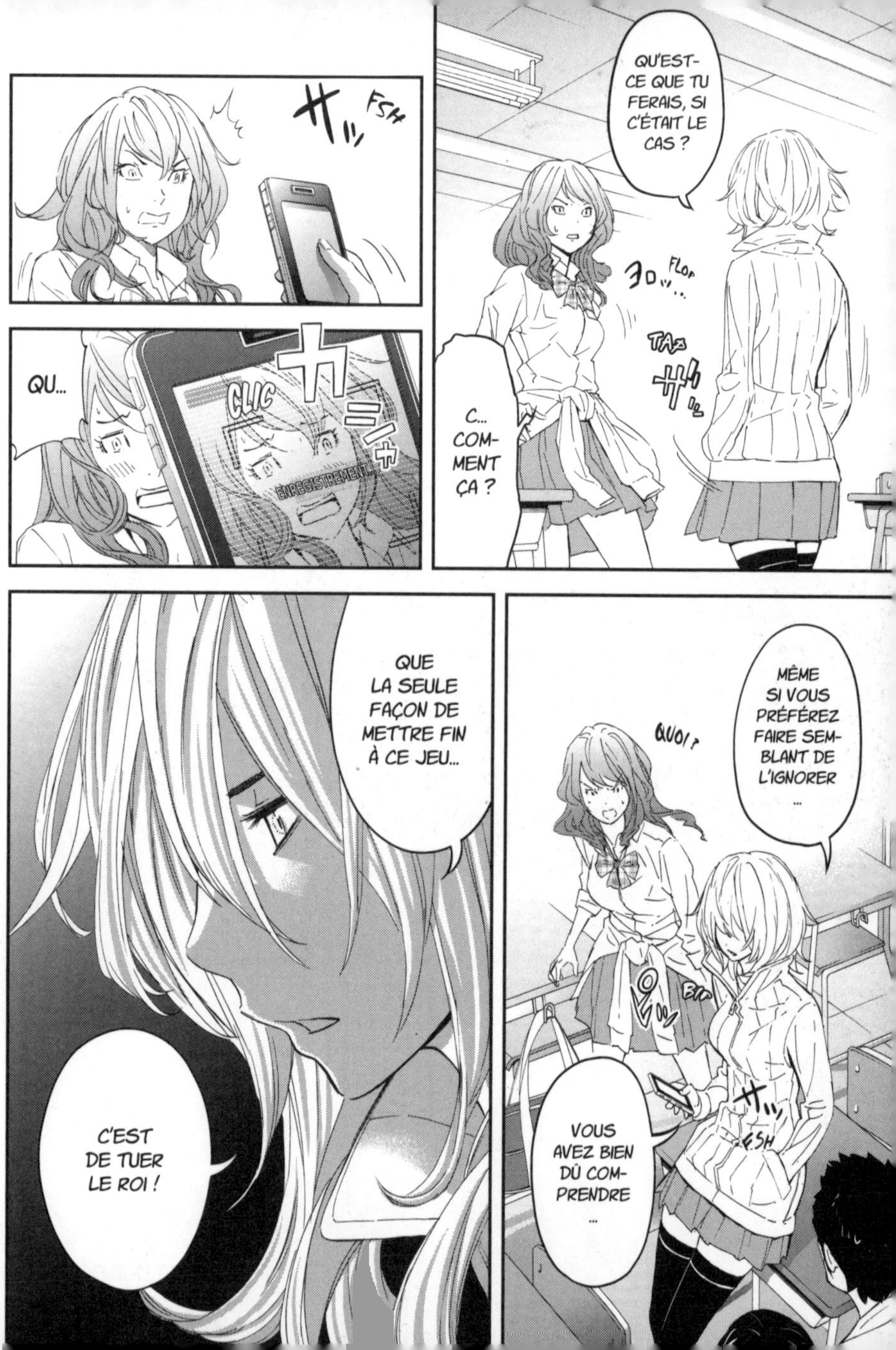
QU'EST-CE QUE TU FERAIS, SI C'ÉTAIT LE CAS ?
FLOP
TAP
C... COMMENT ÇA ?
FSH
QU...
CLIC
ENREGISTREMENT...
MÊME SI VOUS PRÉFÉREZ FAIRE SEMBLANT DE L'IGNORER ...
QUOI ?
BIP
FSH
VOUS AVEZ BIEN DÛ COMPRENDRE ...
QUE LA SEULE FAÇON DE METTRE FIN À CE JEU...
C'EST DE TUER LE ROI !

TUER LE ROI ?!
TU TE RENDS COMPTE DE CE QUE TU DIS ?!
ET TOI, ALORS ?
BIP
?!

À LA BASE, C'EST TOI QUI AS LANCÉ CETTE CHASSE À L'HOMME, NON ?!
CAMÉRA
00:02:
SI ON TROUVE LE ROI, CE SERA À TOI DE LUI RÉGLER SON COMPTE !
QUOI ?!
COMMENT EST-CE QUE TU COMPTAIS T'Y PRENDRE POUR METTRE UN TERME À CETTE HISTOIRE ?
EUH ...
EH BIEN...
LE LIVRER À LA POLICE ?
LE LYNCHER AVEC TOUTE LA CLASSE ?
LE CONVAINCRE D'ARRÊTER SON PETIT JEU, PEUT-ÊTRE ?

JE...
LE LIVRER AUX FLICS ?!
SANS PREUVES, ILS NE NOUS PRENDRONT JAMAIS AU SÉRIEUX !
L'ENFERMER QUELQUE PART ?!
RIEN NE GARANTIT QUE ÇA SUFFISE !
BD-0908.
ESSAYER DE LE CONVAINCRE ?!
À CE STADE, ON N'A AUCUNE CHANCE DE RAISONNER...
UN FOU MEURTRIER QUI A DÉJÀ TUÉ CINQ PERSONNES !
C'EST STUPIDE !!

ALORS ?
UN PLAN AUSSI BANCAL...
VA SEULEMENT ENGENDRER UNE SIXIÈME VICTIME !
À SUPPOSER QU'IL EXISTE UN MOYEN D'EN FINIR AVEC CE JEU...
COMBIEN DE VIES EST-CE QU'ON VA DEVOIR SACRIFIER POUR LE DÉCOUVRIR ?

LISTE D'APPEL - OCTOBRE
N° NOM DE L'ÉLÈVE
1 SHINGO ADACHI
2 TOSHIYUKI ABE
3 SATOMI ISHII
4 HIROFUMI INOUE
5 YŪKO IMOTO
6 RIA IWAMURA
7 MAKI IWAMOTO
8 YŌSUKE UEDA
9 KANA UEDA
10 MOTOKI USHIJIMA
11 AKIRA ŌNO
12 NOBUAKI KANAZAWA
13 YŪSUKE KAWAKAMI
14 CHIA KAWANO
15 AKEMI KINOSHITA
16 MAMI SHIROKAWA
17 DAISUKE TASAKI
18 HIDEKI TOYODA
19 MINAKO NAKAO
20 MISAKI NAKAJIMA
21 NAOYA HASHIMOTO
EN CLAIR ...
SI ON N'EST PAS CERTAINS À 100 % DE POUVOIR ARRÊTER LE JEU, NOS EFFORTS N'ONT AUCUN SENS...
SANS MÉTHODE FIABLE, IL SUFFIT D'UNE SEULE PETITE ERREUR POUR QUE QUELQU'UN D'AUTRE Y PASSE !
CE SERA PEUT-ÊTRE TON TOUR, LA PROCHAINE FOIS...
ET DONC...
LE MOYEN LE PLUS SÛR D'EN FINIR...

C'EST D'ÉLIMINER LE ROI...
COMPRIS ?
QU'EST-CE QU'ELLE RACONTE ? ELLE EST FOLLE, OU QUOI ?!
POURTANT, JE N'AI RIEN À LUI RÉPLI-QUER !

DANS LE FOND, ELLE N'A PAS TORT...
COMPTE TENU DU PEU D'INFOS DONT ON DISPOSE, C'EST CE QU'IL Y AURAIT DE PLUS EFFICACE...
MAIS ...
UN MEURTRE DE SANG-FROID...
COMMENT JE POURRAIS FAIRE UNE CHOSE PAREILLE ?!
LÀ N'EST PAS LA QUESTION ...
SI TU N'ASSUMES PAS CETTE RESPONSA-BILITÉ...
L'UN DE NOUS VA MOURIR !

C'EST À MOI...
DE TUER LE ROI ?!

TAP
TAP
AAAH !
PLOF
ALORS ...
QUI PEUT BIEN ÊTRE LE COUPABLE ?
QUE FAIRE ?!
SI C'ÉTAIT RIA...
EST-CE QUE...
ゾワ…
BRR
ゾワ…
BRR
BRR
ゾワ…
BRR
ゾワ…
J'EN SERAIS CAPABLE ?
FRSH

CRRR
TCHAC
NOBUAKI !

HAN
HAN
HAN
HAN
HAN
HAN
AUCUN MESSAGE ...
CE N'EST PAS RIA...
HAN-
HAN
HAN
DOMMAGE, HEIN ?
TU AURAIS PEUT-ÊTRE PRÉFÉRÉ QUE CE SOIT LE CAS...
CRR

L'ÉTAU SE RESSERRE ...
PLUS QUE CINQ PERSONNES...
BLA
BLA
BLA
BLA
BLA
BLA
LES SEULES QUI NE SONT PAS ENCORE PASSÉES...
SONT CHIEMI, MASAMI, KAORI, EMI ET HIROKO...
DIFFICILE D'IMAGINER QU'UN MONSTRE SADIQUE SE CACHE DERRIÈRE L'UNE D'ELLES...

ÇA NE PEUT PAS ÊTRE CHIEMI...
MASAMI EST LA PLUS SAGE DE LA CLASSE...
KAORI EST UNE BONNE AMIE DE CHIEMI ET JE SAIS QUE C'EST QUELQU'UN DE BIEN...
EMI N'EST PAS DU GENRE À AGIR SEULE...
HIROKO A DU CARACTÈRE, MAIS AU FOND, C'EST UNE FILLE GENTILLE...
POURTANT, L'UNE D'ELLES A TUÉ DAISUKE...
ET CE SERA À MOI DE L'EMPÊCHER DE NUIRE...
C'EST MON TOUR...
DU CALME...

TU TIENS LE COUP ?
ÉVIDEM-MENT !
POURQUOI ÇA N'IRAIT PAS ?!
TU N'AS PAS PEUR ...
QUE LE COUPABLE NE SOIT PAS ICI ?
JE TE DIS QUE TOUT VA BIEN !!
IL EST DANS NOTRE CLASSE...
J'EN SUIS SÛRE !!
QUEL QUE SOIT LE RÉSULTAT, JE N'AURAI AUCUN REGRET !!
NAMI...

L'UNE DES CINQ PERSONNES RESTANTES EST LE ROI, AUCUN DOUTE LÀ-DESSUS !
EN CE MOMENT MÊME, IL RÔDE PARMI NOUS COMME UN LOUP DÉGUISÉ EN BREBIS, À L'AFFÛT DE SA PROCHAINE PROIE !!
ET ÇA POURRAIT TRÈS BIEN ÊTRE TOI !
...
CHIEMI ?!
ALORS LÀ, ÇA NE TIENT PAS DEBOUT !!
FRSH

BIP
BIP
VRRR
TAP
TAP
AAAH !
TAP
PLOF
HEIN ?!
MAIS POURQUOI ?!
NON...
BIP
BOBOM
BOBOM
BOBOM
C'EST IMPOSSIBLE !!
BOBOM
BOBOM
ÇA NE PEUT PAS ÊTRE ELLE !!
BIP
BOBOM
BOBOM
VSH

MAMAN
RE :
JE SORS CE SOIR, TU TE FERAS RÉCHAUFFER UN TRUC AU MICRO-ONDES !
FLOP
HA HA...
DÉSOLÉ...
RIEN À VOIR...
OUF...

EUH... NAMI...
C'EST À MOI...
MASAMI MATSUMOTO, ÉLÈVE N° 26.
FAIS VITE...
S'IL TE PLAÎT !
IL NE RESTE PLUS QUE QUATRE PERSONNES... QUI ÇA PEUT BIEN ÊTRE ?!
POURQUOI EST-CE QUE CE MAUDIT MAIL DE CONFIRMATION N'ARRIVE PAS ?!
LE ROI EST FORCÉMENT L'UN D'ENTRE NOUS, NON ?!
FRSH

26/10
LUN
16: 43
PAS DE MESSAGE !
MASAMI AUSSI EST INNOCENTÉE !
PFIOU...
AH...
EUH ...
QUI EST LA SUIVANTE ?!
C'EST MOI !

KAORI ...
JE TE PRÉVIENS TOUT DE SUITE, NI ELLE NI MOI NE SOMMES LE ROI !
EMI MIYAZAKI, ÉLÈVE N° 29.
KAORI MARUOKA, ÉLÈVE N° 27.
FRSH

ÇA SUFFIT, MAINTENANT !
TU VOIS BIEN QUE CE N'EST PAS MOI !
BLA
KAORI EST PASSÉE ELLE AUSSI !
IL NE RESTE PLUS QU'EMI ET HIROKO !!
BLA
L'UNE D'ELLES EST FORCÉMENT COUPABLE, ALORS ?!
BLA
C'EST N'IMPORTE QUOI !!

EMI...
OU HIROKO...
NOTRE ASSASSIN SERAIT L'UNE D'ELLES ?!

LE MOYEN LE PLUS SÛR D'EN FINIR, C'EST D'ÉLIMINER LE ROI...
COMPRIS ?
"SI TU N'ASSUMES PAS CETTE RESPONSABILITÉ..."
"L'UN DE NOUS VA MOURIR !"

C'EST TOI LA COUPABLE, PAS VRAI ?!
A... ARRÊTE, TU ME FAIS MAL !
HEIN ?!
LÂCHE-MOI !!
QU'EST-CE QU'ON T'A FAIT ?!
COMMENT TU AS PU NOUS TORTURER DE CETTE FAÇON ?!
ÇA SUFFIT !!

JE TE DIS QU'ELLE N'A RIEN À VOIR LÀ-DEDANS !!
LA PREUVE, TU L'AS TOU-CHÉE ET IL NE S'EST RIEN PASSÉ !!
AH...
SI CE N'EST PAS NON PLUS EMI...
ALORS ÇA NE PEUT ÊTRE QUE...

HIROKO !!
ALORS C'ÉTAIT TOI ?!
MEURS, SALE THON !!
J'Y CROIS PAS, QUELLE ORDURE !!
J'AI TOUJOURS TROUVÉ QU'ELLE AVAIT UNE TÊTE DE PSYCHO-PATHE !!
ESPÈCE DE MONSTRE !
ELLE MÉRITE LA PEINE DE MORT !
QU'EST-CE QUE TU ATTENDS, NOBUAKI ?!
MAIS NON ...
J... JE...
ELLE ME DÉGOÛTE !! QUE QUELQU'UN NOUS DÉBARRASSE DE CE DÉCHET !!
TU LA RAMÈNES ENCORE, EN PLUS ?!
C'EST IMMONDE, CE QUE TU AS FAIT !

NAMI, DÉPÊCHE-TOI DE ME TOUCHER !!
NON, NE T'APPROCHE PAS !
CE N'EST PAS MOI, JE T'ASSURE !
NON !
ASSASSIN !!
PAF
HAN HAN
HAN HAN HAN

SNIF...
SNIF...
IL FAUT VRAIMENT ...
QUE JE LA TUE ?!
C'EST DÉMENT ...
SNIF...
C'EST COMPLÈTEMENT DÉMENT !
CE N'EST PAS MOI...
ATTENDEZ, IL Y A UN TRUC QUI CLOCHE !
NAMI VIENT DE FRAPPER HIROKO...
ET POURTANT...
ON N'A PAS REÇU DE MESSAGE DE CONFIRMATION !!

DANS CE CAS...
ELLE EST INNOCENTE AUSSI ?!
POURTANT ...
NAMI A TOUCHÉ TOUTE LA CLASSE !
BON SANG, C'EST PAS VRAI !!
FRSH
ÇA VEUT DIRE...
QUE LE ROI N'EST PAS L'UN DE NOUS ?!

NON, C'EST IMPOSSIBLE !
IL NOUS CONNAÎT TROP BIEN POUR ÇA... IL A PARFAITEMENT CERNÉ NOS DIFFÉRENTS CARACTÈRES...
LES ORDRES QU'ON A REÇUS ET LE FAUX MESSAGE ENVOYÉ À AKIRA LE PROUVENT !
ガク BRR
ガク BRR
BRR
ガク BRR
ALORS POURQUOI...
AUCUN MESSAGE NE VIENT ?!
À CE RYTHME...
NAMI VA...
NAMI !!
VSH

ATTENDS !!
PLOF
VSH
LÂCHE-MOI !!
REVIENS !!
TAP
TAP
TAP
VLAM
ÇA VA ?!
NE T'OC-CUPE PAS DE MOI...
SUIS-LA, VITE !
ELLE RISQUE DE...

HI
HI..
CRR
BON SANG !!
TAP
TAP
TAP

À suivre dans le tome 3 de King's Game

OUSAMA GAME Vol.2

First published by Futabasha Publishers Ltd. in 2010

The French language edition published by arrangement
with Futabasha Publishers Ltd., Tokyo
through Tuttle-Mori Agency, Inc., Tokyo

Édition française

Traduction :
Yohan Leclerc

Adaptation graphique :
Clair Obscur

ISBN : 978-2-35592-515-3
Dépôt légal : avril 2013
Achevé d'imprimer en France en janvier 2015 par Aubin Imprimeur